新版

ありとリボン

山口雅代

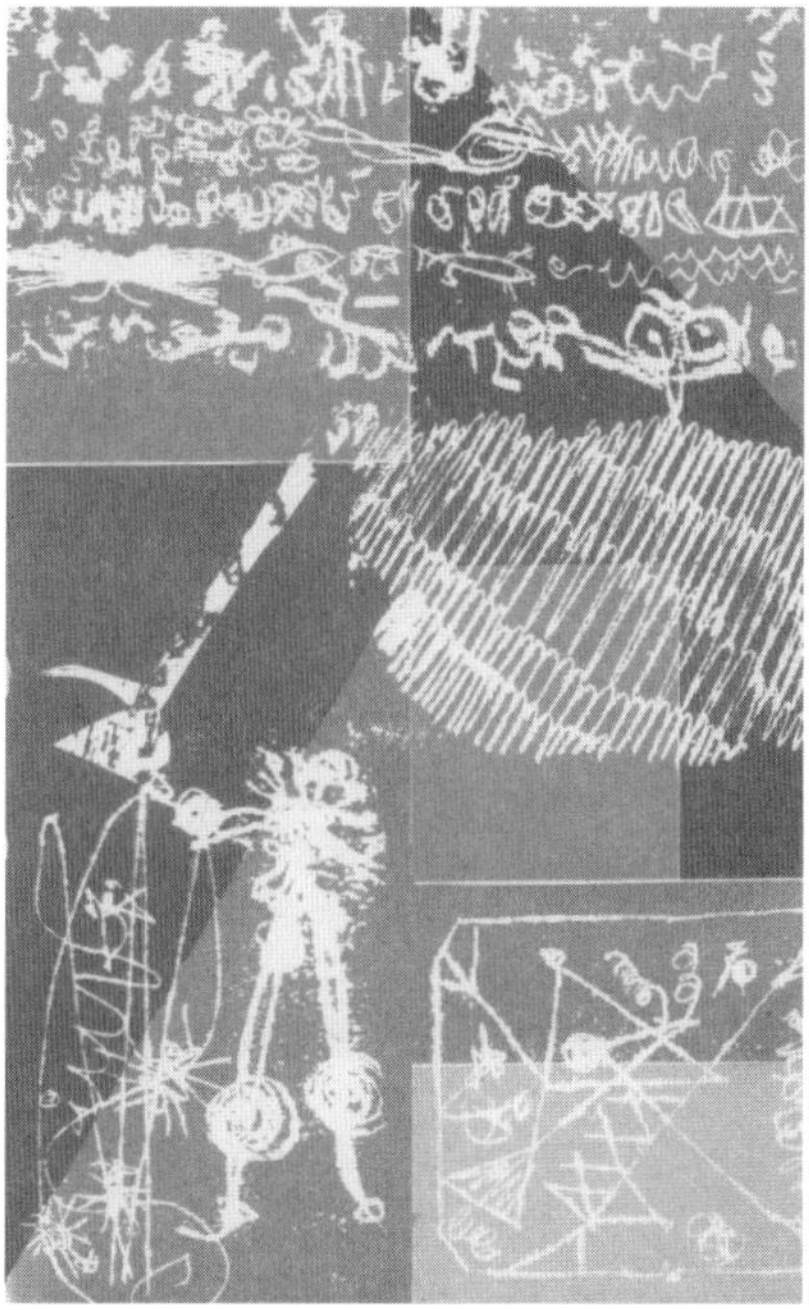

編集工房ノア

新版「ありとリボン」

はじめに――「新版」発行に際して

テレビ台の下の引き出しの奥に、二冊、小さな詩集がある。あずき色の小さな本。『ありとリボン』である。母が作ってくれたものだ。

脳性マヒで生まれた私の言葉を沢山書き留めてくれた。それが詩になっていた。そして児童詩誌「きりん」に投稿してくれた。そんな作品を、私の小学校卒業記念として、ガリ版ずりの手作り詩集としてまとめてくれた。それを見た竹中郁先生が編集してくださったのが、この本『ありとリボン』。先生が名前を付けてくださった。

遠い昔のこと。私の宝物。いろいろなことがあった。どんな時でも私はくり返し読んだ。今ではボロボロになっている。両手でつつむとあたたかい。

こんなに長い間、私を勇気づけてくれてありがとう。母もよく読んでいました。私たち母子といっしょにいてくれたあなた。私ももう八十歳になりました。愛しくて淋しくて、すりへっていくあなたをながめている夜、あなたを美しく復活させたくなりました。

あなたは竹中先生と結んでくれた。足立巻一先生、浮田要三先生ともつないでくれた。黒田清さんとも会わせてくれましたね。

四人の方々とも、深く私を見ていてくださった。そのお顔、声、目なざしが今でもページページの中からのぞいてくださいます。

「道をまちがわないで」

「手あかに汚れた言葉を使わないで」

「雅代ちゃんのいさぎ良さは切れ味の良い刀」

「本質を見る力は太い幹、見えない地中でしっかり根を張りなさい」

と。こんな言葉に支えられてきました。

私の分身を、何とかこの世に残しておきたい。

古い言葉や表現がありますが、全部そのままに、よみがえらせたい。

竹中先生、よろしいですね。

二〇二三年二月

山口雅代

雅代ちゃんの詩集「ありとリボン」

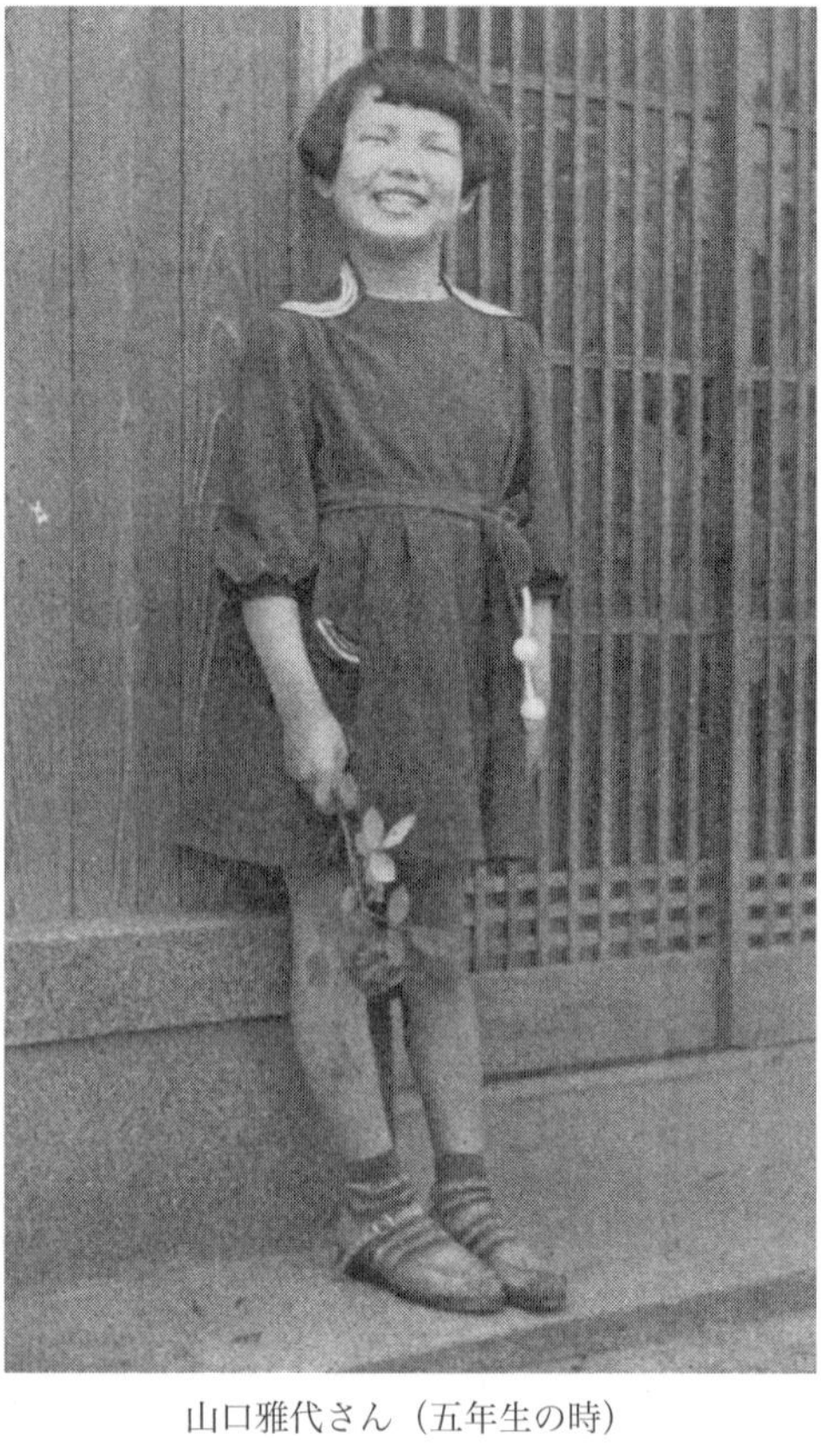

山口雅代さん（五年生の時）

はしがき

竹中　郁

山口雅代ちゃんの作品をはじめてわたしが読んだのは、雅代ちゃんが小学校へ通う以前であった。それがもう、雅代ちゃんは中学生である。そのながいあいだ、思ったこと、感じたことを、すなおに正直に、しかもらくらくと書きつづけて、雅代ちゃんはちっともあきなかった。大した根気である。この根気もとうといが、それより一そうとうといのは、いつも自分を見うしなわない強さが、どの詩にも一つ一つひそんでいたことである。

雅代ちゃんはからだにぐあいのわるいところがあるので、こころの方で強いところが生れたといえる。

　子供のころに、これくらい見つめる力、見とどける力がやしなえてあると、一生のうちにまよいや、まちがいがあるはずがない。だれもかれもが、こんなに考えたり、書いたりできるようになれば、世界はおだやかでたのしいところになれる。

　一人の雅代ちゃんは、百万人の雅代ちゃんを生みだすきっかけである——と、わたしはいいたい。

目次

青いりんご

虫のこえ

首かざり

冷たい夜

初版装幀挿絵　初山　滋
装幀（初版アレンジ）森本良成

わたし

入学前の作品　九篇

わたし

お人ぎょうは
ひゃっかてんに
いくらでも　うっているけど
わたしは　どこにも

うってはいない
せかい中に
わたしは　たったひとりだけ
それに　かあちゃんは
わたしを　しかる

鼻ひげ

はなの中に
おひげの
じゅんささんが
ばんしてる
ほこりの　どろぼうが
はしってゆこうとすると

ふん、と
つきとばす
おとうさんと　あそぶとき
わたしは　いつも
おはなの中の
ひげを　みる

かなしい

たかちゃんに
あんたの　かあちゃんでも
うちの　かあちゃんでも
おばあちゃんになったら
しぬよ、というた
たかちゃんが目をこすった

かなしいのと　のぞいたら
ふん、かえるわ、というた
戸をあけしなに
わーんとないた
わたしも　ひとりになってから
ないた

ゆめのお父ちゃん

わるものに　おわれて
こわい、というたら
お父ちゃんが　きて
おんぶしてもらった
お父ちゃんは、

山よりもたかくて
大きなむぎわらぼうしを
かぶっていた
山を
三つも四つも　かげにしていた

アイロン

アイロンの　とおったあとは
ゆげがでる
ぬくいので
おててをぬくめる
ひもが　ねじねじになって
ゆれて　へびみたいだよ
それでも、でんきは
みちをちがえず
はしってくるね

およめさんのしたく

およめさんになる
おねえちゃん
おちちまで
ねりおしろいぬってはる、と
いったら
おねえちゃん
まっしろけの　かおでわらった
えくぼに
おしろいが　たまりそう

あしたはおしょうがつ

かぜが　どんどん　とを　たたくけど
いれてはやらない
あめも　いや
ゆきも　いや
カーテンを　めくってみたら

かぜが　うえ木を
ひっぱったりついたり
こかしたりしている
かぜさん
おてんき　つれてきてや

でんせんのかげ

ながいながい　みずたまりに
でんせんの　かげが　うつっている
かぜが　ふくと
ゆらゆらと
わたしを　おってきた
たちどまったら
おいこしてゆく

あとから　あとから
はしってくる

かげ
かぜが　やむと
ピタリと
一ぽんの　せんになった

おけしょう

ないしょで
おけしょうしてたら
たあれ　と
かあちゃん　いった
びっくりしたら

おしろいが　ひっくりかえった
ぷんぷん　においが　とんだ
かあちゃんが
ちえっと、したで　おこった
きょう　しかられるのんの
はじまり、はじまり

えんどうのつる

一年生のときの作品　三十篇

えんどうのつる

みどりの　いとのような
てが　のびた
さむいかぜが　ふいても
もう

のびたては　ちぢまない
さむそうな　て
あすは
わらの　どこを　にぎるの

入学式

一ねんせいは豆つぶだ
うんどうじょうに一ぱいよ
はしってる　こは
豆がころんでいるようにみえる
こうどうは大きいよ
こうどうに　はいるときは

みんなゾロゾロならんではいる
大きなたんすの中へ
豆をザァーといれてるみたい
みんなかわいい
にこ、にこ
わたしも　かわいい

さんぱつ

もじゃ　もじゃ　していた
あたまの中へ
すっと　かぜがはいる
かおじゅうの毛は
まゆへ　かきよせられて
できあがりです

おかあちゃんのかげ

おかあちゃんが　ねんねするとき
かげが　ふすまに　うつる
まえを　むいても
うしろを　むいても
かげは　うしろを　むいている
ひきては　かげよりも
もっと、くろい

鼻

わたしの　はなは
みんなの　いうとおり
ほんまに　上を　むいている
かがみを
よこにしても
さかさにしても
はなは　やっぱり
上を　むいている

目

山口さん
きょう　なまえのふだつけてないね、と
先生が　いいはったら
みんなの目が
ひが　さしたように
ぱっと　まっすぐに
わたしのむねに　むいた
はずかしくて　まぶしくて
むこうを　むいた

かげ

あつい日なたの道に
かげ　一つ
でんしんぼうの　ながいかげ
かあちゃんと　わたし
かげの中で　やすんだら

かげが　おめめに　ひっついた
かげは　くろいのに
ぐるりを　よくみせてくれる
すずしいかげ
まぶしくないかげ
かげさん　ありがとう

つばめ

つばめが
つきあたりそうに
とんできた
まばたきした
めを　あけたら
もう
そこらじゅうには
いなかった

あまだれ

あめが　おとをたてないで
さびしそうに　ふっているので
うたを　うたって　やった
あまだれが
一つおちたら
うたのつづきを　わすれた
つぎの　あまだれ
まだかいな

ながそで

ながそで　きたら
おひめさんやと　いいはった
おどりにいくの、どこにあるの、と
いいはった
すだれのような　きもの
ながそでに
かぜが　はいる
まりつきしたら
まりもとんで　はいる

ままごと

たかをちゃんは、お父さん
わたしは、お母さん
わたしの　なまえは
ちっとも　よばないで
ちづ、べんとつめたか
ちづ、いまかえったよ、と
じぶんの　かあさんの
な　ばっかり　よぶ

お月よ

おつきよだ
あかるいな
くさむらのかげが
はっきりしてる

こおろぎが　たくさんないている
むしのこえ
かげになって
うつりそうね

かあさんのない子

おまつりの　ゆうかた
ボロボロの　ふくきて　とおった子
わたしのきもの　みてないた
すこしいって
りつ子ちゃんの　きものみて
またないた

まっすぐいった
なきなきいった
すずめが
なかないでね　なかないでね
青いお空をみてごらん、と
上をむいて　ないていた

あかちゃんのな

あかるいほうばかりむく
あかちゃん
えつこちゃん、と
つけはったけど
ひまわりちゃん、と
つけてほしいな

とし

ひろしちゃん
とし　いくつ
ゆび　四つ　だして
これだけ　と、いった
四つ　といったほうが　はやいのに

えいがでみたぞう

はなわ　ながいなあ
よこだんの　しわの　もよういり
じぶんで　ふみそうにしてあるく
足が一ぽんずつ　うつる
大きすぎて
四ほん　一しょに
フイルムに
うつらないのかな

雨のあじ

ひさしぶりのあめ
したを　だした
あめの　つぶが　のった
あまかった
うでにも　とまった
あせで　からかった
はなにも　とまった
はなは　やっぱり　たかいのかな
どんな　あじなのかな

ねこ

よる
さむいまちに　もやがたった
ねこが
一ぴき
しろぐまのように　あるいていて
よその　もんとうに

てらされて
さびしそうに
さむそうに
つまさきで　あるく
うちのねずみ　たいじしてよ
そしたら
ゆたんぽいれて　あげるよ

めろん

まあるい　めろん
どっちぼうるみたいな　めろん
あみが　はりついて
きゅうくつそうな　めろん
あおい　きれいな　めろん
どこから　きたの
なかは　どんな　いろかな
あじかな
まだ　たべたことない　めろん

たいじゅう　そくてい

きょうは
たいじゅう　そくてい
わたしは
一六・六
ぞうさんが　のったら
はりが
ぐる　ぐる
ぐる　ぐる
なんかい　まわるだろう

みんなのまち

せんそうの　あったときは
ドッチボール　なんか　うって　いなかった
いまごろは
かわいい　くつも　おもちゃも
よいきれも　おかしも
さくらもちも　でてきた
どうか　せんそうなど　こないで　ちょうだい
こんな　きれいな　にぎやかな

まちを　こわさないで　ちょうだい
もう
やけあとや
きたないいきもの　きた人　みるのは
あきてしまったよ
せんそうは
わたしらの　きもちを　しらないのかな
みんな　みんな
せんそうは
いやだと　いってるのよ

くつみがき

ひやっかてんの　まえで
女の子　ふたり
アメリカの　へいたいさんを　みて
「くつみがきましょ」と
まえへ　いったのに
くびを　ふって　すっといった
わたしだったら
きれいでも　みがかせて　あげるのに

くつみがきは
「こんなこと　やめようか」
「ほかのことしたら　おかね　いるもん、
しばらくしんぼう　しような」と、いいながら
ほかの　くつみがきの　なかへ　いった
あいているところへ
ふたりならんで　すわった
ないて　いるこも　あった

雨にうたれているばら

大きな雨が　ふってきた
ばらや　やつでに　ふってきた
やつではパラパラと
げんきそう
ばらは　なんにもいわないで
フラフラ　フラフラ

おばあさんのように
たよりなさそう
あめよ
ばらには　やさしくふってね
つぼみもたくさん
ついてるのんよ

はえの子

おふろばの　タイルは
まっすぐに　たって
つる　つる　してるのに
はえの子は
する　する　のぼった
よくすべりおちないことだ
どこで　ならってきたの
わたしも
のぼりたいな

すいそばくだん

すいそばくだん　すいそばくだん
おお　かんにんしてちょうだい
たれを　ころすの
すいそばくだん
わたしは　みんなとくらしたい
つくる　おかねで　わたしらに
いいもの　こうて　ちょうだい
どうぞ　どうぞ
かんにんして　ちょうだい

赤いふく

がっこうへ　いきしな
いつもとんで　でてくる
よその　いぬ
けさは　にげて　はいった
わたしの　あかいふく
目に　しみるのか
目が　いたいのか
あさひが　あたって
よけいに　あかいふく

えんそくのれつ

山をぎょうれつが　のぼった
ねじり　ねじり　のぼった
せんとうの　田辺校のはた
くもにつきささって
ねじりこんで　ゆきそうです

おねえちゃん

およめさんになった
おねえちゃん
はじめのうちは
お兄ちゃんと　おはなしするの
できないみたいやった
いまは　じょうずに
おはなし
できるようになったね

カレンダーのえ

えの　おねえちゃんは
すこし下をむいています
わたしが　まばたきすると
えの　ひとが
まばたき　したようです
むねも　いきで
うごいて　いるようです
らいねんから
ひとり　ふえたようです

むしのこえ

むしのこえは
かとりせんこうの
うず　みたいね
リリヤンの　いろのようね
ちいさな　まるが
いりまじった
もようみたいだな

青いりんご

二年生のときの作品　二十篇

青いりんご

夕やけの中で
青い　りんご　たべた
上へ　ほうりあげると
夕やけに

よく　はれだつ
一かぶりして
さしあげると
たべたところに
夕やけ　うつる

ありとリボン

土の上に　日がいっぱい
ローセキで
おにんぎょう　かいた
毛も　しろ
ふくも　しろ
しろい目で

青いお空を　みてる
しろいリボンを　つけてやると
ありが
リボンを　とりにきた
おててで　かくすと
ありは　よけてとおった

いい声

ごはんを　たべていると
せんきょの
じどうしゃが　きた
いい声だったので
みんな　音をしずめて　きいた
わたしの　むねも
ひっそりした
声が　とおくへ　いったら
また　おちゃわんの　おとがしだした

ねむたい

ばん　日記を　かいていたら
くびが　ひょろけて
ねむたく　なった
目を　あけると
ぐじゃ　ぐじゃ
よめない　字だった
けして　かいた
また　くびが　ひょろけて
かけなかった

えい（水族館で）

一ぴきは　はずかしそうに
石に　へばり　ついている
しっぽ　もちあげたら
石も一しょに　上りそう

一ぴきは
スカートが

風にふかれて　ゆれてるように
ひれを　うごかし　およぐ
でたいのか
ガラスの　ふちを
ぐんぐん　のぼった
口は　うらがわに
よこに　きれている

たこつぼ（水族館で）

たこつぼが
水の中に　いれてある
たこが　頭だけ　つっこんで
足を　ぐにゃっと　だしていた
せまいだろうな
どろのような　つぼ
水に　つかって　いては
とろけて　しまうよ

私の手

心の中に　詩が　できた
かきたいけど
いうこと　きかない手
手のすじが
まがって　いるのか
もつれたようになって
うごきにくい
わたしの　手

しらさぎ

あさ
しらさぎが　五羽とんで　いった
あと
一羽おくれて　かけつけてる
おねぼう　したのだな
「あんたあ、はようとびやあ

学校おくれるよう」
まっしろのかみ　はりつけたように
羽をひからせて
とんだ
光のくにの　学校へ
ひかりの　しゅくだい
さげて　とんだ

お月さま

お月さんが
ぼんおどりを　見ていはる
お月さんは
ちょうせんの　せんそうも
みて　いはるだろう
おんなじ　人げんなのに
けんかを　していては

お月さんは　きっと
わらって　いはるだろう
お月さんに　声がでたら
「せんそうは　やめなさい」と
百ぺんぐらい　いうだろう
わたしには　きこえるよ
それでも　せんそう　やめないかな

白いふね

しろい　ふねが
なみを　めくって
すすんで　きた
目の中へ
つきささるように
すすんできた

いなかことば

きれいな人も
おとなも
豆みたいな　子どもも
おかしい　ことば
すずめ
からす
ねこは
大阪のと　おんなじだ

にげてる人

ニュースで　見ました
せんそうで　おわれてゆく
人たちを
車に　にもつ　つんで
お父さんが　子どもを　だいて
にげて　います
はまべにたちどまって

島の方を　見ています
どこへ　にげようかと
まよって　いるらしい
かみさまが
あの人に
舟を
出して下さると　いいのに

うかい

かがり火が
うを　てらして　もえている
う、が　もぐった
くびを　だした
ひきよせ　られた
のどを　つかんで

さかなを　とっていはる
う　は　くるしそうに
バタバタ　はばたいている
う、は　石ころのように
また
ほうり　こまれる

あさがお

あさがお
どぶのよこてに　さいている
わたしが
あさがお　だったら
おかあちゃんの　よく見える
まどのところに
さきたいわ

こけし人形

あらし山の　川にむいた
三げんめの　みせで　かいました
小さな　はこをすかして
うかいを見せた
きょうとの　町も見せた
でんしゃの　まどから
のぞかせた　二つならんだ　こけし
こっくり　こっくり
くびを　ふりました

やさしい目

びょうきの　おかあちゃん
ひさしぶりに　ねまにすわった
「だいて」と
とびついた
なつかしい　ひざは
やはらかくて　ぬくかった

おかあちゃんは
やさしい目で
わたしを　見ている
はなのよこの　うすちゃいろの
ほくろは
まえと　おんなじ　だった

うぐいす

あさ　はよう
うぐいすが　ないた
月のように　しんじゅのように
光るような　こえでないた
とうろうの　先っちょか

さざんか　か
きりの木　か
どこに　とまって　ないたのか
ちょっと
ふんを　おいてて
くれると　よかったな

ままごとしまい

ままごと　しまい　ましょ
人ぎょう　あつまれ
つみ木　あつまれ
犬や　じどうしゃ　あつまれ
なんぼ　よんでも
ちらかってばかりいる　おもちゃ
わたしは　たこのように
8本も　手が　ほしいよ

しも

しもが
わらの上に
くさの上に
やねの上に
めりけんこをこぼしたように　おいてある
くさは　それでも元気そうだ
道のしもの中に
じてんしゃの　すじが
くっきり　みえた

ふうりん

いまかってきたふうりんは、コップのような　小さいつぼのようなせとものの　ふうりん。かぜがないので、ちっともならない。わたしはせいのびをして、ふうりんのかみを、ひっぱってならす。おかあちゃんは「フー」とふいて　ならして　いそいでとおる。おねえちゃんはながいあいだ　ふいて、ぐるぐるかみのまわるのを、みつめている。おにいちゃんは「ならないなあ」といって、みうごきもしない。ふうりんを　じっと　みつめている。

おとうちゃんは、みむきも　しないで、しらんかおして　ローカを　とおって、ざしきへ　はいっていきはる。そこへ　かぜがふいてきて　ならすと、いちばん　いいおとでならす。おとは　ざしきを　とおって　だいどころの　まどのところで　さよならをして　ぬけていった。くもが　じっとしてきいた。おとがいってしまうと、くもは　また　おしりから　いとをだして　すのつづきをつくっている。

虫のこえ

三年生のときの作品　二十七篇

はさみよ

「ようみてごらん」と
おかあちゃんが、さがしだした
はさみよ

もっと　すみっこに
じっと　かくれて　いてくれたら
わたしは
しかられずに　すんだのに

はこにわ

はこにわをつくった
わたしの　こころ
小ちゃくなって
小さな
家にはいる
はしを　わたる

とび石をとぶ
川のふちを　さんぽして
あひるを　みた
こけの上を
こころ　が　あるいたのに
足が　こそば　かった

おかあさん

ろうせきで
おかあさん
おかあさん
おかあさん　とかいた
小風が　さらり　と
「おかあさん」にふいた
青葉のかげが　ゆれて

「おかあさん」を　なでたり
おはなしもしてる
お友だちが　きて
ふみそうにした
「ふんだらあかん」と
きゅっと　にらんだら
みんな　みんな
字をみて　足をひっこめた

ひばり

ひばりが
小さく　小さく
とんでいる
すずをころがし　とんでいる
えいごのうたを　しゃべってる
朝から　晩まで
長いうた

仁王さま

お寺の　仁王さま
どんぐり目玉で　おこってる
「こらっ」と
声が　出そうだ
いつも　おこっている
仁王さま
目が　からからに　かわいてる
いたいだろう

三重のとう（当麻寺）

遠くで見たら
ふで箱ぐらいに見えた
とうを　みい　みい　あるいた
目にすいついて　くるように
近づいてくる
そばで　みると
高い　青葉の上に
まだ
二重が　そびえて　いた

先生のおかお

雨ふりで
学校の庭は　じるかった
かばんも　工作の紙も
ぬれそうになった
先生がきて
もって下さった
先生のお顔
ぱっとさいた
白い　ばら

雨ふり

雨が　ふっている
糸の世界を　行くようだな
傘で　きっても　きっても
きりきれない　雨
大きな雨の音
麦ばたけが　なってるような音
わたしは

小さくなって　しまいそうだ
雨が　はねっかえる
雨だれも　はねっかえる
王様のかんむりになって　おどってる
わたしの傘の上にも
おどっているだろう
やれやれ学校についた
学校の中も　大雨だ

ほたる

きみどりの
光だけが　見えて
どんな　からだか
見えない　ほたる
光の　スイッチは
どこに　あるの

ゆめ

えつこちゃんが　ねんねした
わらっている
わたしも　目をつむって
顔を　ひっつけて　みよう
ゆめは
私には　はいってこない
おちちの　においが
はいってきた

つばめと　しんごう

あべの　の
近鉄の　まえは
赤しんごうだ
みんな
ぞろり　と　とまった
つばめは
さっと　とんだ

ちゅうしゃ

へんとうせんの
ちゅうしゃを
足の　ふともも　へ　した
うでの方が　ちかいのに
のどから　とおい
ふともも　へ　した

水着

きょう　かってもらった
水着
ふくろにいれて
ごはんの　時は
かたにかけて　たべた
先生が

「水えいに　はいる人」と
いいはったら
うでも　ゆびも
朝日のように　のばして
「はいっ」と
手を　上げよう

お湯

お母さんが
お湯を　かけてくれはった
ド・レ・ミ・ファ　ぐらいの
ぬるさだ

あめの紙

いこま山の　上から
あめの紙を　とばした
奈良の方へ　とんだ
大阪の方へ　とんでほしいな
「まさよは　ひこうとうの
　三番にのった」と
うちへ　しらせてよ

お月さま

川の上に　お月さま
水の　ながれる
いきおい　が　見えた
原っぱの上の　お月さま
つゆの光るのが　みえた
こおろぎの
ほうているのも　みえた
お月さま
虫の声　ようききなさいや

ていでん

ていでん　だ
ぱっと
虫の声が　大きくなった
わたしは　いったい
どっちの方を向いて
すわっているのだったかしら

黒ねこ

夜
がいとうの　下へ
ろじから
黒ねこが　とんででた
二匹やと　思ったら
かげの方だけ
うすくなった

きょう

夜汽車は　ねむれなかった
朝、三時ごろ　えきへついた
いつのまに
きょうに　なったんかな
へいも　なかった
赤ぼうさんも
あいずは　してくれなかった

ピカソの絵

ひょこゆがんだ顔
さかさみたいな　けしき
かさなった　顔や体
ピカソは　そう思うのかな
びょうきして　ふつうと
ちがうのじゃ　ないかな

目が悪いのと　ちがうかな
小さな子が　かくような　絵も
こまかい線や　点まで
よくかいた絵も　あった
若い人かと　おもったら
写真では
しらがも　ある人でした

虫のこえ

一ぴきだけ
すごう　いいこえのがいた
目を　つむって　きいた
口が　ひとりでにあいてきた
つばが　おちそうになった
ごくっと　のんで
また　きいた

ラジオ

ラジオが
なおったよ
大きな　こえです
目から
つめの間から
しみこむ　こえ

動物園

らくだ

ひなたぼっこの　らくだ
せなかの　こぶは
しんまで　ぬくもったでしょ

とら

だれも　てっぽうは
もって　いないのよ
一ぺん　犬のように

しっぽ　ふって　みせてんか

ことり

かみさまは
えのぐを　みんな
つこうて　しもて
もう、ことりは　つくりません

へび

ぐるぐる　まきだ
こんど　のびるとき
みち　まちがうと
くくれてしまうよ

すずめの声

雨が　ふっている
すずめが　ぬれながら　ないている
声のなかを
雨が　とおりぬけた
声は　ちぎれちぎれになるだろう
すずめ
すずめ
それでも　声には
きずが　ついて　いなかったよ

夜

くらい夜
なにかの音
チンタン　チンタン　チンタン
耳をちかよせていくと
お父さんの　ふくの
ポケットの中だった
かい中時計の音だった
のぞいたら　ポケットの中も
夜だった

お宮まいり

おびは　ずってくるし
しごきは　とけるし
ぞうりは　ぬげるし
わたしは
足が　わるいので
おもうように

店やで　かいものもできない
汗を　いっぱい　かいた
くるしくなると
「家なき子」を
おもい出しては
がんばって　あるいた

かす汁

家中よいにおいだ
おなべの中で
にんじん　ごぼう　お肉が
ちら　ちら　みえて
波になって　おしよせる
お母ちゃんが　しずかに
白いかすを　とかしている
もうすぐ　お父ちゃん　お姉ちゃんが
鼻をあかくして　かえって　くるよ

首かざり

四年生のときの作品　二十篇

自転車

野はらへ出たら
けしきが　まわる
頭の中を
風が　はしる
心の　ごみも
顔の　ごみも
とれて　しもうた

ひなぎく

雨あがりの
黒い土の上に
浮いてるように　咲いた
ひなぎく
首をながくのばして
何をまって　いるの
花のまえで
まりを　つくと

くびを　よけいに　ながくして
おかおを　ふって
見てくれた

あさ

やわらかい　きりのはが
ねむそうに　たれていた
白い　シャツの人が
たばこを　すうて　立っていた
けむりが
あさの空気に　とけていった
おいしそうに　とけていった

電車のストの日

先生は来ていられた
「じてん車できたよ」
とおっしゃった
みんな「へー」
といった
私は　目を　とじてみた
先生が　ころんでいるところばかり

見えた
でも
どろも　きずも
つけていない　先生が
黒板の前に　立っていられる
きょうは
自習せんで　すむわ

つばめ

頭を　すれすれに　とぶ
毛をくわえて　ゆかれそうだ

とけいの針

なんぼ　はしっても
テープは　見えない

青い鳥

外を　はいていると
「兄ちゃんと　妹がな　鳥を
さがしに　いったんやぜ」と
声がした
自転車に
女の子を　のせた人だった

赤い　じんべと
落ちそうな　赤いげたが
遠くになっていった
わたしは
ほうきを　さかさにして
チルチル　ミチルと　かいた

大仏さま（奈良で）

大きな　お寺の中に
大きな　大仏さんが
どっかり　すわって　いられる
右手を上に　左手を下に　うけて
いられる
みんなが　見上げて　いるのに
だいぶつさん　ちょっと

下を　むいて　下さい
ほこりをかぶって
まっすぐ　見ていられる
せんこうが　三たば　たっている
けむりが　足のおやゆびのところから
きえてゆく
鼻までは　とどかない

お習字

はじめてのお習字だ
白い筆に
黒い墨を　ぷったりつけた
白い紙に
黒い字で　四年生
自分の字を
はじめて　すいこんでいるよ
わたしの　目

夏休帖

みんな　もらって
うれしそうに
だいて　かえる
かえってからは
こまらされる
ちょうめん　だ

かげ

荷車をひいた　おじさんが
がいとうの下へきて
紙きれを　ひろげてよんだ
住所をしらべていはるのだな
わたしの　かげが
紙に　とどいた

お母ちゃんの　かげは
紙に　かぶさった
わたしは
とびのいて　あげたのに
お母ちゃんは
ひくくも　ならんと
あるいて　とおった

おそうしきで

みんな泣きました
私も泣こうと思いました
それになみだがでません
かんにんしてちょうだい　と
手をあわせました
花をいれました

しずかにいれました
そうしきやさんが
花をかおのまわりへ
ならべかえました
私のは
そのままでした

ラジオのダイヤル

買って下さい　おいしいです
きれいです　お待ちしています
などいう　ラジオ
ダイヤルを　まわしたら
みかん箱の上に
いはい二つのせて　火鉢が一つという

おじいさんと　おばあさん
新聞うり子
五人の子供の
お母さんのことをいう
ちょっとダイヤル
まわしただけなのに
裏と　表と　こんなにちがう

たこの頭

色々な　はらわたが
一ぱいだ
考えるとこは
どこだろう

たまごやき

お父さんが
たまごを　やいた
みんなが　わらった
わたしは　ほめた
お父ちゃんは　よろこんで
一番大きいのを　くれはった

石がき

はだかの　おじさんたちが
川の石がきを
きれいに　きずいて下さった
おじさんらの　背中が
だんだん　日にやけてきた
石がきが
長く長く　できてゆく

お人形

着物をきせてやった
ぬいあげは
毎年　そのまゝです

首かざり

朝　私のしらないおばさんが
お父さんと　話をしていた
「うちの人は　お金があると　すぐに　けいりんへ
行きます　いまお金がないのです」
私は　いそいで　ごはんをたべて　立った
おばさんは　紙つつみを　下さった
首かざりだった

おばさんが　工場で　つくったのだそうだ
手の上にのせると
ひやりと　しずくの玉が　ならんだようだ
お金に困ってる　おばさんが
ぜいたくな品を　作っているんだなぁ
こんないやな　大人のはなし　私はきらい
机の中へ　首かざりを
そろっと　入れた

ゆめ

色の黒い王女になった
はだか　だった
しゅろのはっぱで　あおがれていた
涼しくも　暑くも　なかった
私はいった
「この国は　お金もち　ばっかりだ
びんぼうは　一人もいないのだ
どろぼうと　一口でもいったら

きりすてだ」
みな頭を下げた
そばのテレビを　つけてみると
お母ちゃんが
私をさがしている姿が　うつってきた
目がさめた
ゆめの中でいったこと
ふとんの中でくりかえしたが
うまく　いえなかった
ふだん気のよわい私
ゆめの中では　つよいことをいった

こい

さるさわの　池のこいに
ふを　なげた
百ほど　よってきた
丸い　はちきれそうな　口で
とび上って　たべた
赤いのに　なげたら
黒いのが　たべた

冷たい夜

五年生のときの作品　十五篇

ワンマンカー

ほら　戸があいた
お金を入れた
ほら　ちゃりんとおつりがでてきた
「つぎは駒川　駒川」
窓ぎはの　ベルをおした

ほら　ストップだ
出口は　うしろ
ほら　戸があいた
ほら　しまった
ほら　行ってしもうた

におい

すずめの子に
はこべと　むきあわを
すってやる
すずめは　ないて　ないて
赤い口をぱちぱちあける
「すずめよ
青い草のにおいやよ
お月さまのにおいやよ
遠足の野原のにおいやよ」

かみなり

空に大きなひびを入れて
あばれるだけあばれた
雷
だんだん遠くなった
どこへ　ゆくのだろう
西へいけば　四国の方
東へ行けば　名古屋の方
どちらにも　しんせきがある

バラ展覧会

バラの香が　ほっぺたにしみた
並んだフラスコのびんの花に
むずかしい花の名と
作った人の名が
白い紙にかかれて　むすんである
わたしは

花に名をつけかえながら歩いた
夕やけ　リボン　ちょう　ほたる
こんぺいとう　レース　バレー服　ちょうちん
月の夜　まほうのマント　ゆめ　仲よし
ああ　きりがない
まっ白の大きなバラには
おかあさん

オルゴール

ふたをあけるとなりだす
オルゴール
シューベルトの　子守うた
しずかな曲だ
シューベルトは
自分の曲が

今、日本の、大阪の　今川の
山口の家で
みんなできいているのを
知って　いるだろうか
電気になって
じっときいているような
気がする

自まん

おかあさんは
小さいときのこと　自まんしては
「おばあさんに　きいてごらん」と
私をしかる
おかあさんでも　悪いことは　あったとおもう
おばあさんに
それ　いわれたら　はずかしかろう
夏休に　おばあさんに　あったけど
わたしは　きかなかった

冷たい夜

きょうは　寒かった
早く　暗くなった
三時半には
もう　電燈を　つけた
地球は　早く　まわりすぎた
冷たい夜
ちぢかんで　まわっているのだろう

諏訪山公園から見た海

もやの中に
かすんでみえる海
墨絵のような
船が　三つ　浮んでいる
白い波もなく
動かない　けしきだ

大阪湾から　波をけたてて
今、渡ってきたばかりだのに
この山へきて見ると
もう地球は　動きをとめたように
港も　海も
静かに　遠くに　かすんでいる

変る考え

病院で
手足の不自由な
小さな子を　たくさん見た
私の体は　もうこれでよい
この子たち
どうぞ　よくなってちょうだい
こう思って病院を出た
電車で駅へついた
やっぱり　なおりたくなった

おさいほう

はじめての　おさいほう
指さしに　針がのらない
のったら
親ゆび　うごかない
ふきん　一枚
「下手でも　ぬいなおさんと
つかってね　お母ちゃん」

男の子

お姉ちゃんに　男の子が生れた
皆　めでたい　めでたい　という
男は強いからな
えらい人には男が多いからな
お金を、ようもうけるものな
およめさん、もらう方だものな
それでも
戦争には　男が行かんならん

おばちゃんに叱られてばかりいても
だまって用事ばかりしている
おじさんもある
殺人も、男の人が多い
夜、お父さんに
「私が生れた時、ウワー女やと思た？」
と、きいたら
「おもた」と　ふとんを　かぶった

病院のついたて

待合室で待っていた
つい立の下から　足がのぞく
白い足は　看ごふさん
子供の　赤いくつ
大人の　黒いくつ
お医者さんの白い上衣のすそ

あの　ついたて一つが
両手をはって
私をいじめているように
向うを　見せてくれない
どんな診察うけていはるのか
どうぞ安心の診察受けて下さい
次は私の番　足がふるえる

ガスストーブ

やわらかそうな　火の色
遠い港の夜の景色
夜汽車で見た神戸の町
いなかの窓で見た町の灯
花火大会
浜の広場の　ぼんおどり

舟底にあたる波の音までも
思い出させてくれる　ストーブ
お父さんが
「このあついのに　ガス代がとび上るほど、
　いるよ」と　とめた
思い出は　ぱっと消えた
ただの冷たい　ストーブにかえった

窓の中と外

百貨店の地下の　ショウウインドの中に
桃の中から　桃太郎が生れでて
おじいさん　おばあさんが
両手を上げて　よろこんでいる
それが　電気仕かけで　うごいていた
その前に　浮浪者が　いた
ねころんでいた

物を　たべていた
しんぶんを　よんでいた
頭を　かかえこんで　いた
生れた時は「男ですよ」と
祝ってもらった人だろうに
明るい窓の前で
黒っぽい人らがいた
桃太郎を　誰も　見ていない

ドン

サーカスの　始まる
花火の
ドン　が上った
教室のものは　みな
さっと
窓の方を　見た
柴田さんは　見なかった
その子は
サーカス団の子だ

れんらく船

六年生のときの作品　十三篇

つくし

秀ちゃんから
箱に一ぱい　つくしを　もらった
うすい　はかまを　とった
皇太子さまは
このめずらしい　春のつくしを

食べられたことは　ないだろうな
私はつくしでも　何でも　食べられる
のんきな　身分です
ごまあえにしてもらった
にごうて　にごうて
一口も　食べられなかった

はんたい

配役のことで
また　けんかが　始まった
内田さんが　いった
「あんた　あんまり　わがままよ
自分だけよかったら　ええの」
その子は　泣いた

みんな
内田さんも　えらそうやなあ
と、いう
でも　心の中では
さんせい　さんせい　と
ひら　ひら手をうっているのだ

召使

私の役は召使
「はい、かしこまりました」
「おじょうさまおともいたします」
人に　つかわれることは
やっぱり　いやだな
でも　もう　決ったのだ
私は　召使

修学旅行の写真

名前より先に
あだな　を　思う
「二十四の瞳」の時のように
全部は
空おぼえ出来ないな
五十七人

おお　マイ・パパ

ラジオで　うたっていた
「おお　マイ　パパ」
そうだ
きょうお父さんが帰ったら
「おお　マイ　パパ」と
とびつこう

夕方
日傘さげて　アイスクリームさげて
お父さんが　帰ってきた
「うわー早、早　とける　とける」
かんじんの「おお　マイ　パパ」は
ねるときに　おもいだした

軍人墓

高い山の上にあります
海も村も　白い長い道も　みえます
石ひが　七つあります
この人たちの　小さかった時のこと
お母さんが　話しました
みな近所の人たちで　家は

「ほら、あそこ、そしてあそこ」と
指さしました
今は、もう、ここにねむる
暑い　日でり
石ひから　汗が　ふき出そう
せみが　百重唱ほどに
ないています

いちご

赤くて　丸くて　やわらかくて
光ってて
こんど　私が生れかわる時
いちごになってもいいな
まっしろな
ミルクや　さとうをかぶって
誰でも
おいしいと　食べて　くれるから

手がら

おじさんは
せんそうの時
手がらを　たてたのだそうな
敵の人を　たくさん
やっつけた　手がらだそうだ
人をすくうのが　手がらなのに
おかしな時代もあったのだな
おじさんは　戦死した

れんらく船

船の三等は　もう　つめつめだ
腰も　かけられない
二等の　へやにした
やわらかな椅子
白いかべ
生き生きした花

お茶は　ちゃんとおいてある
ここではねころんでもいられる
宇野の町の　ネオンが
黒い波間に　消えてゆくのも
おちついて　みとれていられた
でも
たった一時間

とうや丸

たくさんの人を　のせて　しずんだ船
風のように　消えた人々
この家族に
たくさんのお金が　もらえるそうだ
人の命は　何百万円でも買えはしない
胸がいたくなってくる

そういう私も
やっぱり　もらうだろうな

手のきず

釘で引っかいて　血がにじんでいる
ふすまを　張った時の　きずだ
母さんも　一つある
同じ仕事で　出来たのだ
いたいより　かわいくなってくる
この　きず
私も
手だすけ　出来たのだもの

チャップリン

学校で見る映画では
いつも　若いチャップリンが　おどけた役をした
ライム・ライトで
ほんとうの　チャップリンを　見ました
もう　おじいさんだったが
いい　顔をしていました
真白の　かみの下の　目は　うすむらさきでしょう

かしこそうなほお　Hをおしつけたような口
たいこの中へ　落ちこんだけど　私は笑いませんでした
白い服の　バレーを　見ながら
静かに　死んで　ゆくのです
アンコールをしたら
まじめな本当の顔をした　チャップリンが
出てきたらいいのにと　思いました

お琴の音

姉ちゃんが、
二階でお琴を　ひき始めた
久しぶりだ
大空から　なってくるようだ
新らしい生れだての音
かなしい人がきくと　どうだろう
小鳥はよく玉子を　うむよ
わたしは
何かしらない　涙が出てくる

あとがき　年譜

母から雅代へおくることば

もうすぐ小学校を卒業することになっておめでとう。だかれたり、おんぶしたりしながら通学して、とうとう六年たちましたね。

この卒業を記念に今までに作った詩をまとめてみました。あなたが、体が不自由なるが故にか、与えられた力に応じてつとめてきたことに対して、えらかったわ。ご苦労さまとほめて上げます。詩の中の母さんはずいぶん叱っていますものね。でも大体子供は叱られながら大きくなるもののようですよ。それがまた大人になればなつかしいものなのです。

この詩集はただ小学生の分としてまとめたのですから、思い出をなつかしんでばかりいないで、明日からの新らしい詩を生みだすよう努力して下さい。また、よく学び、よく人に接して知識を増し、物事に対して、正しいはんだんの出来る人になってほしいと思います。世の中も複雑、人の心も複雑です。それらはまた中学校へ進んでから、明るく、おおらかな気持で、共に考え、勉強してゆきましょうね。

こうして朗らかに、元気に卒業出来ますのも、学校の先生方のご理解あるお教えと、お友だちのあたたかい友情によるものと、深く、深く、感謝いたしましょうね。

では卒業おめでとう。

一九五五年三月

雅代からお母さんへ

青いリボンのついた詩集をどうもありがとう。一つずつの詩には忘れていた小さい時のことを思い出させるものばかりです。今読み返してみると、考えかたのはずかしいものもたくさんあります。又こんなかわいらしい考え方は二度とできないだろうと思うのもあります。お母さんに対してもこんな考え方ではあまり失礼だったわ、と、おもうところもあります。どうもすんまへん。お父さんはお母さんのことをのんき者だ。のんき者だというけど、わたしは、はたらき者だと思いますと日記に書いたことや、雨の日に「今日も学校へつれてって上げるわ」といわれ、「ああ、うれしっ」と、お母さんにとびついたわ、学校へつくと、お友だちが「雅代ちゃんきた、きた」と笑ってくれた時は、みんなの顔が、全部お母さんに見えた時のことも思い出しました。

こうして手を取り合って同じ道を一月に何回も、休まずに通学して下ったお母さん。卒業の日までよく来られたことと、雅代もおどろく程の長い年月でしたね。二人で卒業おめでとうと云い合いましょうね、お母さん。

詩集のお母さんからのことばを読んで、希い通りのよい子になろうと思っていますのよ。

お　わ　り

一九五五年三月

年譜

一九四二年（昭和17年）
山口雅代（本名美年子）大阪生れ（5月1日）。発育状態優秀につき表彰状を受ける（9月、12月）。
一九四三年（昭和18年）
体が普通でない事に気づき大学病院で診察の結果、脳性マヒの診断を受けた（1月）。毎日通院し治療を受けた。この頃から絵本を見せると一人でよく遊んだ。
一九四四年（昭和19年）
空襲警報が出る様になったので家へ来てもらって治療を続けた。
一九四五年（昭和20年）
現住所へ移って来てすぐにハシカと百日咳を一度にし、大層こまった（7月）。
一九四六年（昭和21年）一九四七年（昭和22年）

捗々しくよくはならず、家で治療す。よく歌い、話して聞かせた。近所の友達が毎日大勢遊びに来てくれた。

一九四八年（昭和23年）
呼び名を雅代とした（1月）。自作童謡をうたって遊ぶようになり、何にでも目を向けさせれば、すぐ詩にして云うので、書きとることにした（5月）。児童詩誌「きりん」へ詩を送る。竹中郁先生より「子供の真実のことばを書き取るよう」注意を受けた（10月）。

一九四九年（昭和24年）
詩人竹中先生が訪ねて下さる（2月）。田辺小学校へ入学、受持白井屯先生（4月）。これより、小さい車に乗って、母と子の通学が始まった。この頃より昼のできごとを夜ねる時、書き、又は口述するのが日課となり、六年間続けた。大阪毎日新聞に豊かな天分として紹介された（7月）。詩「かいすいよくじょう」入選（10月、国際新聞）。山口雅代詩集が出た（12月、神戸実業家団体金曜会）。

一九五〇年（昭和25年）
「平和の詩として」「お母さんのない子」他（3月、国際新聞に紹介）。二年生に進級（4月、受持先生一年と同じ）。子供の日に「みんなの町」他（5月、新関西新聞）。詩人小野十三郎先生が訪ねて下さる。「小供と平和」について（5月、大阪朝日新聞）。全日本児童詩集第一集「あまだれ」他二編（5月）。

一九五一年（昭和26年）

詩「日の出」入選（1月、小毎）。少年文学代表選集（2）「あまだれ」（1月）。三年生に進級、受持林清一先生（4月）。詩「おかあさん」入選（5月、小毎、母の日に）。関西童話会森正義先生訪ねて下さる（5月）。

一九五二年（昭和27年）

四年生に進級（4月、受持先生三年と同じ）。童話作家小川隆太郎先生訪ねて下さる（6月）。「大阪人」に紹介された（9月）。全日本児童詩集第二集「ふうりん」他（10月）。歩いて通学出来るようになった（10月）。

一九五三年（昭和28年）

五年生に進級、受持島上保先生（4月）。足立巻一先生訪ねて下さる（4月）。読売新聞、新大阪新聞両紙に掲載された（5月、子供の日に）。校内ではお友だちに助けられ、送り迎えするだけでよい程によくなった（6月）。雑誌「少女」に紹介された（7月）。

一九五四年（昭和29年）

六年生に進級（4月、受持先生五年と同じ）。修学旅行に白浜へ行く（11月）。

一九五五年（昭和30年）

一カ月間かかって詩集「さざれ石」を作り、今までお世話になった方々へおくった（2月）。全日本児童詩集第三集「そう式」他（2月）。明浄学院中学校へ入学きまる（3月）。週刊読売、新大阪新聞の両紙に「詩集」のことが載せられた（3月）。

卒業式（3月17日）。

＊

この七年間に児童詩誌や小毎、放送、各新聞等の分は全部はぶきました。たくさんの少年少女の方から、またお兄さまお姉さま、お父さま、お母様方からお手紙いただきました。ここからお礼申し上げます。

一九五五年三月

雅　代

「ありとリボン」初版　一九五六年五月・文教堂出版発行
判型（天地１４８×左右１０２ミリ）文庫本サイズ

付録　「きりん」のこと

「きりん」創刊号　1948（昭和23）年２月発行　尾崎書房　表紙絵・脇田和

「きりん」——美しい子どもの詩雑誌

足立巻一

「きりん」は昭和二十三年二月、大阪市北区梅田町の尾崎書房から創刊された。発案者は当時、毎日新聞大阪本社学芸部副部長だった井上靖で、竹中郁が監修しつつ詩の選評を最後まで書きつづけ、坂本遼が作文を受け持った。全誌面を子どもの作品で埋めるとともに、一流画家の挿絵をつけて最も美しい雑誌にするというのが目標だった。そののち曲折はあったが、三十七年五月に発行を東京の理論社に譲って四十六年三月休刊するまで、実に二十三年、通巻二百二十号までつづいた。これは戦前の「赤い鳥」よりも発刊年数が長く、通巻も多い。「きりん」が戦後の児童文化に果たした功績は大きい。わたしはこの「きりん」の編集にかかわることで、井上靖・竹中郁・坂本遼の三先輩と親しくしていただき、多大の影響を受けた。また、星芳郎・浮田要三・藤本義一・灰谷健次郎らを同志とし、さらに多くの先生、子どもたちを知った。その一端は『詩のアルバム』『子ども詩人たち』(理論社)にしるした。

(『人の世やちまた』一九八五年、編集工房ノア刊より抄出)

山口雅代さんのこと

浮田要三

ボクは、ずいぶんとすばらしい学校の先生と、その先生に育まれた子どもたちの話をしてまいりましたが、次にふつうのお母さんとその娘さんの話をいたします。娘さんは山口雅代さんといいます。山口さんは『きりん』がはじまった当初は、天才少女詩人といわれたほどで、『きりん』の仲間のあいだでは、とても有名な小学生でありました。けれども山口さんは、生まれながらに脳性小児麻痺という難病をかかえて、この世に出てこられました。お父さん、お母さんの心中は、いかばかりの悲哀に暮れられたことでしょう。けれどもお母さんがある日、デパートの書籍売場で『きりん』を見つけられました。『きりん』を開きますと、山口さんと同じ年ころの子どもの詩がたくさんのっています。しかも、その詩にはふつうに使っているコトバで書かれているのをごらんになって、お母さんは初めて味わう喜びを覚えられました。「こんな話は、ウチの雅代はいつもしゃべっている」と、こんな自信に似た気持ちを抱かれたのでした。じっさい、まだ学校に行かない五歳のころ、「わたし」という題で、お話をしゃべっています。

わたし
お人ぎょうは
ひゃっかてんに
いくらでも　うっているけど
わたしは　どこにも
うってはいない
せかい中に
わたしは　たったひとりだけ
それに　かあちゃんは
わたしを　しかる

五歳の子どもですのに、自己意識を持つという思想があるように思われます。上等のエゴイズムのはじまりです。これは教育以前に、山口さんのもって生まれた哲理の詩です。

脳性小児麻痺という悲劇のかたまりをもって生まれたと、先ほど申しましたが、その悲劇を打ち消すほどのすばらしい宝物も、もって生まれたと考えたくなる事柄です。
　竹中先生は、山口さんのすばらしい詩の作品に出くわしますと、「天才や」「天才や」と何度もいわれることがよくありました。そのすばらしい詩の作品を二つ紹介いたしましょう。一年生の時の作品です。

　えんどうのつる
みどりの　いとのような
てが　のびた
さむいかぜが　ふいても
もう
のびたては　ちぢまない
さむそうな　て
あすは
わらの　どこを　にぎるの

あまだれ
あめが　おとをたてないで
さびしそうに　ふっているので
うたを　うたって　やった
あまだれが
一つおちたら
うたのつづきを　わすれた
つぎの　あまだれ
まだかいな

この二つの作品は有名なものですし、ボクはとても好きな詩です。たんに目に見えたものだけを書いたのではなく、人間のもっているペーソスをさえ、ひしひしとかなり強烈に伝える力をもっています。天性のものでしょう。

このようにすぐれた詩を次々と投稿されてくるので、ある日、竹中先生が山口家を訪ねられました。山口さんのすばらしい詩をほめにいかれたのでしょう。けれども、それだけでなく竹中先生は、「雅代さんをすばらしい詩人にしなくてもよろしい。そのために詩を書かすのではありません。雅代さんは人間のこと、じぶんのことについて、はっきりとした考えをもっています。それをまちがいなく的確に詩として表現しているのです。それを成長させて、世界に通じる批評精神を養うようにして下さい。」とお母さんにおっしゃったそうです。『きりん』の思想を端的に表現されたコトバです。山口さんのお母さんから、この話を聞いたとき、竹中先生の本当の偉大さを痛感したものです。

（『きりん』の絵本』二〇〇八年、きりん友の会刊より抄出）

山口雅代さんとの出会い

黒田　清

山口さんとの出会いはもう三十年も前、昭和二十八年のことでした。まだ新聞記者になりたてで、いわゆるサツまわり（所轄警察担当の記者）をしていたころ、五月五日のこどもの日を前にして、なにかいい話がないかなあとさがしているうちに出会ったのです。

そのころはまだ雅代《まさよ》という名前。小学五年生で、かなり重症の先天性小児マヒでした。それでもなんとかお母さんにつきそわれて通学していました。雅代ちゃんは、重い病気にかかわらず、明るい表情をしていました。かわいらしい笑顔をしていました。私はその心のなかが書けたらと思い、何度かお宅におじゃまをしました。

そのころ、雅代ちゃんは詩を書いていました。書くというより、口ずさむのをお母さんが聞きうつすというのが多かったようです。ずいぶんたくさんの詩がありました。それを全部読ませてもらい、雅代ちゃんの心のなかが少しのぞけたような気がしました。そのときの原稿の一ばんはじめにとりあげたのが、「ろうせきで……」の詩（「おかあさん」11

4頁収録）です。明るさの秘密は、小さい心の中で、母親のやさしさに支えられながら、世の中に立ち向かう強いものがあるからだと思いました。

それ以来、時折り手紙のやりとりをしていましたが、二年ほど前の夏、久しぶりに会いました。うれしいことに雅代ちゃんは子どものころの明るさをずっともちつづけていました。もう三十代の娘さんになっていましたが、笑顔は昔のままでした。手術の結果、体の方も不自由ながら一人で歩けるようになり、自宅で機械編みを教えたり、子ども服のデザインを手伝っているとのことでした。

先日、その雅代ちゃんからすばらしい手紙が届きました。身体障害者のつらさとそれを克服したきっかけになるできごとが、便せん八枚にくわしく書かれていました。身障者のかた、その家族や周囲のかた、いや、すべての人に読んでいただきたいと思います。

三月二十六日の一家心中の事件、（大阪・みさき公園近くの海岸での一家五人心中のこと）心が痛みます。耳の不自由な子と心臓病の子どもをかかえたご両親の不安はよくわかるのです。でも、どんな人間も無駄《むだ》に生きていることはないように思えるのです。きっと、生きていてよかったと言える日が必ずあったのではないでしょうか。いいえ、あったと思います。もうすこしがんばってみてほしかった。子どもだってしたたかに生きる力をもっていたでしょうに……。残念です。

私だって、死にたいと思ったのは一度や二度ではありませんでした。でも、根がのん気なもので、考えを切りかえることができたのです。死ぬということがめんどくさかったのかも知れません。気持ちというのは、強くなるのも、弱くなるのも、ちょっとしたきっかけのように思えます。根底に愛があれば。私の場合、そのきっかけが素直につかめたことは幸いだったと思います。

私は手術して一人で歩きはじめたころが一番つらかった時期だったみたいです。それまでは、そばに誰《だれ》かがいてくれ、かばってくれたり、風よけになってくれていました。でも、一人で外出してみると、そうは行かず、みじめさがひしひしと胸にしみました。大人もこわかったけれど、子どもがこわかったのです。はやしたてる子どもの声、指さして笑う子どもの顔、そして子どもといっしょにふり向く親の冷たい目。人間恐怖症と言えるくらいでした。はなやかな街のウインドウに映る姿に目をそらせ、見ないようにして歩いたものです。

ある日、どうしてもその道を通らないと帰れない道に、なんと、うじゃうじゃ子どもが走り廻っています。なかに一人、ボス顔したのがいます。これはやばい！　ちがう道はないかな。曲《まが》り角でしばらく隠れていたのですが、エーイ！　しかたがない、なるようになるやろ。空を見上げると夕晴れで、空中がピンク色でした。深呼吸を一つして、ふみ出したのです。

案の定、ボスは大きな声ではやしたてるのです。「おかしい歩き方や」「なんやの。あの子の歩き方見てみぃな。こんな歩き方や（略）」ボスが言うと、他の子もいっしょになって声をはり上げるのです。今思っても背中が寒くなる気分です。きっと、こわい顔していたと思います。でも、その時、ふしぎに道の端を歩かず、胸を張って道の真ん中を歩いていたのです。

気分を取り直すため、空を見上げました。さっきはピンクでしたが、もう真紅でした。すると、フワーッと心があったかくなったみたいな気がして、余裕が出てきたみたいでした。立ち止まってふり向きました。子どもたちはしかられると思ったのでしょうか、口をつぐんで後ずさりしています。「あんたたちまねするのへたね。もっと上手にしてごらんよ。おしえてあげるから来てごらん。ほら、こうして歩くの。ほかの人とちょっと違うからむつかしいのよ。ほらね。ほら、おいで！　歩いてごらん」

道の真ん中で子どもに歩き方をおしえている姿を思い浮かべてみて下さい。私は夢中でした。いま引き下がったら、きっと一生自分に勝てない……私のために歩いてちょうだい！　と、子どもたちに頼む気持ちでした。

それまで遠まきにしていた子どもたちも、一人二人と寄ってきて、まねをしてくれたのです。私だって泣いていたし、夕ぐれのことなどすっかり忘れていました。どのくらいたったころか、子どもたちも私の杖に触ったり「なんで病気になったの……」とか「家はどこなの」とか話しかけてくれていました。

その日一日、なんだか変な気持ちでした。だって、子どもに囲まれ、道の真ん中で自分の歩き方をおしえている姿を想像してみて、おかしいやら、情けないやら、楽しいやらでした。

あくる日、またあの子たちがいたらどうしようと思いながら帰ってくると、その日は静かな夕ぐれの道でした。やれやれとわが家の前に来てみると、なんとあの悪ボスが入口《いりぐち》でしゃがんで道に絵をかいてあそんでいるのです。一人きりで。はっと身がまえる私に、その子は顔を上げて「おねえちゃん、おかえり！　おねえちゃん帰ってくるの待ってたんや」と笑うのです。私はびっくりして声が出ませんでしたよ。

その時感じたのです。何かを感じたのです。この気持ちを持っていれば生きていける。これや、これや。この子を抱きしめてやりたい気持ちでした。うれしくて。この気持ちを持ってさえいれば、まちがいない生き方、堂々と胸を張った生き方ができるのではないかと思いました。人が聞けばささいなことかも知れません。でも、私にとっては貴重なことだったのです。

今、教室をしていると、いろんな人が来られます。でも、落ち着いた気分で人に接することは、あのことが土台になっているのではないでしょうか。これからもくじけそうな時があるでしょう。でも、あの時の爽快《そうかい》なショックを感じ続けることができたら生きて行けるような気がします。障害をもつ子どもと親の心中というのは、いつの世でもつらく、寂《さび》しく、悲しいものです。どうか、その人達《たち》の生きる力になるような愛のあふれた記事をこれからもどんどんおねがいします。新聞で楽しい記事を見ると、とてもハッピーな気分でいられるのです。

心打たれる手紙でした。はやしたてる子どもたちに囲まれて、空を見上げた雅代ちゃんは、胸を張って歩きはじめたのです。それも道の真ん中を。「そんなん言うたらアカン。

そんなええカッコなことやないねん」とはにかむ雅代ちゃんの声が聞こえてきそうですが、どうか身障者のみなさん、雅代ちゃんのあとにつづいて、道の真ん中、人生の真ん中を歩いて下さい。

（『開け心が窓ならば』黒田清・大谷昭宏共著、一九八三年、解放出版社刊より抄録）

2022年９月　於・小海町高原美術館「浮田要三と『きりん』の世界展」で

山口雅代（本名・美年子）
1942年大阪生まれ
1948年児童詩誌「きりん」に投稿
1956年詩集『ありとリボン』（文教堂出版）出版
1986年昌弘生まれる
1990年「読売新聞」の「みんなの医療」に応募
「読売新聞社賞」受賞
1992年黒田ジャーナル誌「窓友新聞」にエッセイ連載
2008年「リハビリテーション」誌にエッセイ連載
2021年「ココナッツ通信」誌にエッセイ連載
2022年『こころがゆれた日』（編集工房ノア）出版

新版「ありとリボン」
二〇二三年七月七日発行
著　者　山口雅代
発行者　涸沢純平
発行所　株式会社編集工房ノア
〒五三一―〇〇七一
大阪市北区中津三―一七―五
電話〇六（六三七三）三六四一
FAX〇六（六三七三）三六四二
振替〇〇九四〇―七―三〇六四五七
組版　株式会社四国写研
印刷製本　亜細亜印刷株式会社

ISBN978-4-89271-372-9

表示は本体価格

こころがゆれた日　山口　雅代

山口昌弘・絵　私がここまで来れたのは『きりん』で叩き込まれた、核を見る、という力でした。人間の核です。逝った昌弘との画文集です。一〇〇〇円

消えゆく幻燈　竹中　郁

〔ノア叢書6〕堀辰雄、稲垣足穂、三好達治、丸山薫、井上靖、小磯良平、鍋井克之、古家新、熊谷守一他の詩人画家たちとの出会い。二八〇〇円

巴里のてがみ　竹中　郁

一九二八(昭3)年から二年間、小磯良平と共にパリ留学した著者の、パリの日々、出会い。よき時代と詩人の感性。ジャン・コクトオ論収載。一六〇〇円

人の世やちまた　足立　巻一

〔ノア叢書8〕著者自身の編集による自伝エッセイ。幼年時代の放浪から、波乱に充ちた一生を叙述、情熱の人であった著者の人間像が浮かぶ。二二〇〇円

日が暮れてから道は始まる　足立　巻一

筆者が病床で書き続けた連載「日が暮れてから道は始まる」(読売新聞)「生活者の数え歌」(思想の科学)に、連載詩を収録。一八〇〇円

庄野英二自選短篇童話集

一九四九年から八三年の三十四年間の作品から自選した二十篇。自然と人の美しさを端正に描くなかに深い味わいが交響する作品集。二二〇〇円

日は過ぎ去らず　小野十三郎	象の消えた動物園　鶴見　俊輔	金子みすゞへの旅　島田　陽子	大阪ことばあそびうた　島田　陽子	続大阪ことばあそびうた　島田　陽子	大正の小さな日記帳から　上村　秀男
半ば忘れていた文章の中にも、今日の状況の中でこそ私が云いたいことや、再確認しておかなければならないことがたくさんある(あとがき)。一八〇〇円	私の目標は、平和をめざして、もうろくするということです。もっとひろく、しなやかに、多元に開く。2005〜2011最新時代批評集成。二五〇〇円	「大漁」の詩に激しく心をゆさぶられた私は、みすゞの詩の世界にのめり込む。清々しい光芒を放ち26歳で逝った薄幸の詩人の心への旅。一七四八円	大阪弁の面白さが見なおされている。ユーモアにあふれ、生活感のある大阪弁で書かれたことばあそびうた。著者は万博の歌の作者。一三〇〇円	人情にあつく、知恵深い大阪ことばをふんだんになつかしい大阪と新しい大阪をうたう続編。天声人語で、擬声語、風刺の面白さと好評。一三〇〇円	〈ノアコレクション・4〉のびやかな少年の日々、微妙な成長変化が克明に鮮やかに浮かびあがる。大正の暮らしも伝える一小学生日記。二〇〇〇円